U0831284

浅浅的光阴

QIAN QIAN DE GUANG YIN

李剑平 著

广东高等教育出版社
Guangdong Higher Education Press
·广州·

图书在版编目（CIP）数据

浅浅的光阴／李剑平著. —广州：广东高等教育出版社，2019. 6
ISBN 978-7-5361-6451-2

Ⅰ. ①浅…　Ⅱ. ①李…　Ⅲ. ①诗集-中国-当代　Ⅳ. ①I 227

中国版本图书馆CIP数据核字（2019）第0066618号

责任编辑：邱丽芳
责任校对：小　曹
插　　画：深北文化

浅浅的光阴
QIANQIAN DE GUANGYIN

广东高等教育出版社出版发行
地址：广州市天河区林和西横路
邮编：510500　电话：（020）87553335
网址：www.gdgjs.com.cn
佛山市浩文彩色印刷有限公司印刷
850 毫米 ×1 168 毫米　32 开本　4.125 印张　68 千字
2019 年 6 月第 1 版　2019 年 6 月第 1 次印刷
定价：32.00 元

序

浅浅的光阴 深深的爱意

佛山诗人李剑平深夜给我发来文档，嘱我写篇诗评或序。打开文档，我便被他真诚的诗心打动了。

一个人的精力有限，能量再大，也不可能什么题材都涉及。剑平终于抓住了着力点，找到了适合他诗歌创作的方向，这是剑平的福分，也是莘莘学子的福分。剑平早年在学校做语文教师，后来调到教育局教研室，一干就是二十多年。这期间，他得更忙了，也更充实了，他一边干好本职工作，一边致力诗歌创作，一边参加各种社会活动，这样的人生，想着都带劲。

每个人的阅历不一样，他的思辨方式自然不一样。许多诗人穷一辈子之力，仍旧突破不了自己，那是因为，他们没有抒写自己熟悉的生活场景，没有认真思考自己的创作该何去何从。于是乎，在“小我”里左冲右突，声嘶力竭，始终走不出自我的格局。《浅浅的光阴》里，作为园丁的诗人李剑平化身成幼稚的孩童，用儿童的眼光看世界。世界那么浅，那么美，而他，一直以来的努力，不正是要孩子们能纵情欢唱吗？找到自己熟识的生活，剑平在童诗创作里，如鱼得水，酣畅淋漓。

与其什么事都干，不如集中精力做好一件事。现在，剑平的诗歌定位是准确的，他以校园诗歌为突破口，一首首谱写自己的校园诗歌乐章。校园诗人，这是多么温馨的字眼，它饱含着老师对孩子的爱，饱含着孩子们如饥似渴的求知欲望。孩子的天性活泼，发散思维强，剑平在诗歌里幻化成各种形象，以不同的事物作切入口，浅尝辄止，正好符合孩子圣洁的心灵世界。

和剑平交契，眨眼二十余年矣。彼时，他在佛山市澜石中学任教，从相识至今，感觉他一点没变，岁月没有在他身上留下过多雕刻痕迹。原来，是他的童心使然。试想，一个时刻有爱的人，他的心怎能不年轻？葆有一颗年轻的心，岁月自然垂青于他。

诗歌最不会骗人。《浅浅的光阴》里，每一首诗都在真情诉说，每一朵花都在争妍斗艳，每一棵草都在尽情舒展，每一只鸟都在云天高飞。剑平的童诗，字里行间流动的爱意清晰可见。干净的文字里，意象把握准确，隐喻的事物有所指，但均能让人心神领会。读着这样的童诗，你会发觉，自己仿佛回到了少年时代，那美好的蓝天白云，那神秘的森林大海……

人活于世间，总要掷地有声，每个人都应有目标。路虽远，只要方向正确，迈开步伐，你就能摘到星星了。

祝福剑平，祝福祖国未来的花朵。

中国作家协会会员
佛山市作家协会驻会副主席
著名诗人
包悦

目录

树叶的掌声

我多想

童年的梦

含露的音符

树叶的掌声

草尖上的露珠

从夜晚的梦中醒来
走过了好软好软的草地
那一阵阵的微风呢
激动地串起如针似线的晨曦
给这片绿茵茵的地毯　绣上
一颗又一颗晶莹的宝石

小朋友　牵着妈妈的手
追赶着飞舞的蝶影
小朋友笑了　妈妈也笑了
欢乐的笑声洒落了一地
我想　那就是草尖上的露珠
那就是美丽的宝石

朗诵：李　歆

带水珠的草叶

晨曦闪耀着银光
花朵儿也笑弯了腰
可是　尖尖的小草叶
你为什么挂着
露珠一样的忧伤

青青的草叶呀
一定是妈妈去了远方
在寂静的夜晚里
她又想念起温暖的臂膀
也许　梦中的重逢
让她流下了晶莹的泪光

老榕树

老榕树　下垂的根须
像一幕水帘的吊挂
里面　藏了多少的秘密
孙悟空　会不会
从这里跳上飘浮的云层

老榕树　根须伸进了大地
那是你生气的胡子吗
或者　是大大小小的吸管
把土地深处的蜜汁
一次　又一次地汲取

老榕树　茂密的榕须
是你飘逸的长发
我多想拧开金色的晨曦
一天天　把你梳洗得
像妈妈的黑发一样美丽

躲在墙角的小花

躲在墙角　避开
闪电的锋芒
却张开嫩嫩的花瓣
紧紧地抓住
春天遗落的时光

向日葵

露着笑脸的太阳
就是向日葵的妈妈
蓝天下　向日葵
总是转着转着小脑瓜
脸朝向亲爱的妈妈
妈妈落山了
向日葵向着远山呼喊
妈妈　你去哪啦
太阳妈妈说 孩子
快睡吧　快睡吧
在梦中　我会把你牵挂

小树叶

小树叶，飘呀飘，
飘过城里的高楼，
飘进故乡的山腰。

小树叶，飘呀飘，
飘过夜里的孤独，
飘进大地的怀抱。

小树叶，飘呀飘，
从此不再害怕，
从此幸福地微笑。

花瓣

美丽的花瓣悄然绽放
就像是我的妈妈呀
张开了手指　用温暖的手掌
托起了我芬芳的梦想

花瓣被风儿吹落
妈妈　那是你的爱吗
它在我的身旁
色彩斑斓而又纷纷扬扬

校园的睡莲

校园里　睡意惺忪的
几株睡莲　钻出了
宁静的水面　于是
这一池的春眠
被风的逗乐唤醒
从清澈的向往
摇曳几朵粉嫩的笑脸

是因为书声的悦耳
还是讲台的倒影
荡漾出多少的婀娜姿态
睡莲　水面的花瓣
张开单薄的几片
就像轻启含露的丹唇
吟诵着　一份爱
以及　藏在花蕊的春天

向往

光秃秃枝丫　亮出
几根钝蚀的刺　想要
划破厚实了一夜的天幕
让晨曦从远处涌进来
淹没姗姗来迟的
秋夜的悲凉

小草与种子

一棵接一棵地
挤在一起　像大自然
用绿色的绒线
织成的一幅巨大的地毯
让春天　蹲在这里
打几个滚　于是
惹得一粒种子
钻出了土地的怀抱

小草　用嫩嫩的叶掌
捧起一滴滴露珠
滋润了种子对春天的渴望
她们　还在交头接耳
商量着为春天
披上绚丽而温暖的霞光

路旁的木棉花

站在街道的路旁
木棉花　像微型的火把
点燃了一个季节
映红了城市的脸庞

站在城市的一角
木棉花　默默地绽放
温暖了阴沉的心情
灿烂了美丽的向往

木棉花　木棉花
微风中盛开的花瓣
在枝丫起舞一枚一枚的
红彤彤的梦想　哦
我看见一些瘦弱的叶片
激情地拥抱梦想
拥抱着花朵的芬芳

路基上的小花

很小很小的　一朵又一朵
它们簇拥在一起
像一群拉着手的小伙伴
默默地站在路基
我叫不出它们的名字
但它们很亲切
在风中轻轻地点头示意

它们不像木棉花那样高大
那样引人注目的鲜艳
它们只是低矮在花基上
忘了回家　忘了
化作春泥的一丝忧伤

路基上的小花　为什么
我刚要睡觉　梦就来了
我向四处一伸手
就触摸到城市七彩的花香
哦　一朵又一朵的小花
我们的梦想谁说不是一样

朗诵：李　俊

在春风的怀抱

妈妈　在春风的怀抱
柳树姐姐好羞涩呀
你看　你看
她对春天的爱
不好意思说出来呢
不然　为什么枝条上
长满了一粒粒的省略号

妈妈　爱美的柳树姐姐
正对着湖面梳妆呢
泛起的涟漪　是
春天嘴角上的酒窝吗
妈妈　妈妈
她们一定都很幸福
不然　柳树姐姐
怎么会总是和我一样
喜欢在春风里
跳一曲欢快的舞蹈

小竹林

清晨　我真的看见了
一只只张开的小手
在风中摇动着重叠的问候
不知道　是要跟我牵手再走
还是要与夜晚挥手告别
小竹叶　你掌上沁出的露珠
滑落了下来　摔疼了我的担心
却让地上的花朵笑开了脸
我要走了　小竹林
风中窸窸窣窣的声响
是你给我的掌声
还是你絮絮叨叨的叮咛

墙角的竹子

这一丛墙角的竹子
总是用一抹绿
悄悄地在春天的边缘
添一笔单调的色

当花朵的浓墨重彩
点染了春的娇艳
墙角的竹子
张开了所有的叶掌
为春风的到来
喝彩　以及起舞

樱花温暖了季节

光彩四溅　耀眼的樱花
是银河的倾泻而下
朵朵的星光碎片
拼接成花瓣的所有激情
挂满在季节的虬枝

樱花的颜色始终明亮
甚至映照了青春的
片片容颜　树下
校园的欢声笑语
被花朵的火光点燃
以至　温暖了
从冬天里醒过来的季节

树叶的掌声

夏日炎炎　大地干渴了
乌云心疼得落泪
于是　小树鼓起了叶掌
哗啦啦　哗啦啦
哦　你听　那是不是
小树们欢呼的掌声

一簇簇的金黄

金黄的树叶聚在一起
仿佛是谁点亮了
小灯芯　跳动的火苗
像蝴蝶飘进了风里
我伸出双手　在这里
向幸福的光亮取暖
或者　仰望一簇簇的金黄
蓬勃了季节的秃枝

我们都爱它

城乡路边树，
作用可真大。
降温送凉爽，
美化也靠它。
绿波托高楼，
城市美如画。
绿化更宜居，
环保顶呱呱。
常年不言累，
风雨摧不垮。
排排路边树，
我们都爱它。

秋天的树叶

阳光下　秋天的树叶
从半空中悄然落下
像一只只美丽的蝴蝶
画出一道道浅黄的弧线

躺在地上的黄叶啊
你要给大地盖上金色的被子吗
我知道　冬天就要从远处
冷冰冰地来临啦

城市的蝴蝶结

像一朵朝霞的轻轻飘落
一簇猎猎的红艳
映照着城市的倩影
凤凰花　是邻家羞涩的女孩
穿着一袭红裙的飘飘
婀娜在多情的夏天
深红的花瓣在随风摇摆
这一双双的薄翼
给一座古老的城市
戴上了青春靓丽的蝴蝶结

鹅黄的叶芽

杨柳扭着腰肢
正在与春风嬉戏
鹅黄的叶芽
像蜜蜂的调皮
荡起了秋千
玩起了快乐的游戏
河水也逗乐了
笑出来酒窝般的涟漪

风中的嫩叶

一弯嫩叶　像是谁
握住了笔尖
为春天的微笑
描一笔浅浅的娥眉

仿佛轻舟横渡
风中的嫩叶　满载
一季的雨露阳光
岁月里伸出的小手
在彼岸　将为谁
一次一次喝彩鼓掌

我听见了

轻轻地　我听见了
微风拍打花朵的声音
那满树乍然的灿烂
好像是一支一支的烟火
始终摇曳于我的童年

我似乎听见了
一朵时光被吹落的声音
点点泛黄的心事
从年少开始含苞欲放
被雨露滋润成
绿叶或者果实的形式

乡间一瞥

碧绿的也许不是花草
是村民辛勤栽种的希望
景色的种种诱惑
让小鱼的好奇　跃出水面
倾听着乡间的微风
把美好的生活轻轻吟唱

为春天站岗

一只又一只的，
一群无声的鸟雀呀，
披着红色的衣裳。
高高的树上，你总是，
无怨无悔，在风中，
为整个春天站岗。

红彤彤的鸟雀们，
不愿选择离开，
也不再往高处飞翔。
高高的木棉花呀，
直到有一天，
你老了，你累了，
宽阔的大地，
就是你下来换岗的地方。

炮仗花

炮仗花　挂上了
春天的门楣
不知道你为了谁
点燃红彤彤的喜事

串起红红的幸福
却没有一声炸响的惊异
也给平常的日子
带来了蓬勃生长的喜气

炮仗花　你是不是
乐开了怀的春风
在绿叶的脸上
留下了一串深红的唇印

阳台的盆花

我是阳台的盆花
学会了顽强
在钢筋水泥之间
我勇敢地生长

花骨朵的小脑袋
伸出密密的防盗网
灰暗的楼层间
我涂抹了五彩的光亮

我问询飞过的小鸟
从花圃来到高高的楼层
会不会让春姑娘
嗅不到我绽放的花香

小鸟对着我笑了
你不见那楼下的小树林
也在为四溢的芬芳
使劲鼓起了嫩嫩的小叶掌

春风

春风　你是贪玩的孩子
碰落了一桶彩色
于是　把大地也悄悄染成
五颜六色的一块画布

春风　你可不可以
像星光一样爬进我的窗口
把我闪闪的梦想
一颗一颗地　镶嵌在
蔚蓝蔚蓝的夜幕

朗诵：梁艺敏

我多想

我多想

大海呀深不见底
天空呀无边无际
大海的鱼儿
跃上来打闹戏水
可是　天空的鱼儿
却总是无踪无迹

妈妈　我多想
和我的小伙伴一起
跳进碧蓝的天空
游呀游　游成满天的鱼
让天空再也不流泪

你好，长颈鹿

你好，长颈鹿呀，
你伸长了脖子，
要摘一颗天上的星星，
还是要尝一尝，
什么味道的月光？

你好，长颈鹿呀，
你又是为什么，
总有漂亮的花衣裳，
难道是朝霞姐姐，
裁了好多好多的新衣，
天天替你换上？

你好，长颈鹿呀，
你伸长了脖子，
是不是在草地上远望？
你有没有看见，
远处，有我的梦想？

我是清晨的小小鸟

我是清晨的小小鸟，
站在枝头把歌唱。
我轻轻拉开了夜幕，
太阳公公也来观赏。

我爱跳舞，我爱欢唱，
花儿露出了笑容，
树叶拍着小小的手掌。
咦，小露珠哪去了？
原来，那是草尖上，
闪烁着的喜悦的泪光。

我是清晨的小小鸟，
我要飞得更远，
我要飞得更高。
来吧，来吧，
我给小朋友带来欢乐，
也给大朋友送去微笑。

月牙儿弯弯

月牙儿弯弯
那是我心中的问号——
天上的宇宙到底有多大
星星眨着小眼睛
躲在云层背后偷笑
——告诉你吧
妈妈的爱有多大
天上的宇宙就有多大

月牙儿弯弯
那是我心中的问号——
天上的云海到底有多深
微风又在摇头晃脑
——告诉你吧
爸爸的情有多深
天上的云海就有多深

月牙儿　月牙儿
我终于知道了
宇宙望不到边际
云海无限宽广
爸爸的情和妈妈的爱呀
也是没办法去丈量

朗诵：冯可馨

微风轻轻把树摇

微风轻轻把树摇，
阳光闪闪林间照。
迟到小鸟想不通，
虫儿躲到哪去了？

榕树爷爷捋长须，
又好笑来又气恼：
虫儿早已远离去，
怪你起床又不早。

从此小鸟下决心，
早起早睡习惯好。
一日之计在于晨，
捕虫觅食斗志高。

从此四季洒汗水，
迎着朝阳飞更高。
无惧风雨记心里，
成功路上林中笑。

我想和你一起飞

小蝴蝶，真爱美，
穿花裙，好高兴。
一会儿飞得高，
一会儿飞得低，
咦，忽然不见了，
原来躲在花丛里。

小蝴蝶，你在哪里？
我想和你一起飞，
飞越高高的山顶，
飞过辽阔的草地，
我要摘下云霞一朵，
悄悄插在春天的发髻。

走向远方

也许是早起的小鸟
牵来一缕一缕的霞光
披在了小树的头上
小树的发梢　摇响了
一朵朵迎春的微笑

青青的小草呢
轻轻地　张开了叶掌
捧起一粒粒的露珠
滋润着　闪烁着
一株株展翅欲飞的梦想

哦　美丽的春姑娘
挽起我的小手
一步一步地　走向那
果实飘香的远方

欢乐的海洋

天上的小羊群
跑呀跑　吃光了
它们身边青青的小草
我说　小羊群
别跑　那一片蓝天
是你游不出去的
欢乐的海洋

我去出海了

我也去出海了　我知道
我不是桑地亚哥
我没有走进海明威的笔下
但我将有比八十四天更长的时间
在大海中浮游或者拼搏

然后　我要潜入海底
沉入知识的汪洋
打捞更多的智慧和勇敢
让我的腰背更加硬朗

桑地亚哥　你的精神
从文字间穿越了一个时代
鼓舞我沉进大海
拿起刺向大鲨鱼的鱼叉
我呀　捕获一船幸福的时光

疑问

妈妈　妈妈
那是花朵还是喇叭
我真的看见了
忙碌的一群蜜蜂
想拥抱却抱不住它
它们用小嘴巴对准花柄
轻轻地吹呀吹呀
嗡嗡嗡　嗡嗡嗡
乐曲在花间盛开啦
哦　一朵朵喇叭花
芬芳的话语四处弥漫
小蜜蜂呀
又一次忘了回家

小企鹅

在冰天雪地里
摇摆着简单的舞步
笨重的身躯
走路却是那么的灵活
而胖胖的鹅掌
啪嗒啪嗒　踩响了
寒冬的踢踏舞
跳着　跳着
成为雪白雪白的童话里
一个小小的音符

大公鸡，喔喔叫

大公鸡，喔喔叫，
头戴红冠把头摇。
叫醒星星起得早，
从此不敢睡懒觉。

大公鸡，喔喔叫，
星星出来伸懒腰。
太阳急忙跑出来，
牵来金丝挂树梢。

大公鸡，喔喔叫，
小小花园好热闹。
蝴蝶翩翩跳起舞，
花儿朵朵乐逍遥。

大公鸡，喔喔叫，
泉流淙淙唱歌谣。
人勤大地景色美，
一年之计春光好。

欢笑的老街

老街　被暖阳反复地翻晒
一段历史也被清风吹去了尘土
孩子们奔跑的笑声　敲响了
沉寂在墙角的岁月　老街
在古老的青石板上　睡去多年的
青苔的梦　在孩童的视野
顽强地生长　于是
孩童的笑声就像一粒粒种子
遗落在文化的土粒中　生根
这一些悠长悠长的胡同里
茁壮着一簇鲜嫩而耀眼的气息

朗诵：李　歆

蚕宝宝

吃进去的，
是一堆一堆的桑叶，
吐出来的，
是一根一根的蚕丝，
可是，蚕宝宝，
你为什么不用蚕丝，
做一件漂亮的衣裳，
却用银色的蚕丝，
将自己五花大绑，
关进了窄窄的胶囊？

原来是这样呀，
你用长长密密的蚕丝，
编织着飞翔的梦想，
当你打开了蚕房的大门，
翩翩起舞的翅膀，
一定沾满了，
五彩缤纷的阳光！

童年的梦

老爷爷，我问您

老树　掉光了树叶
剩下了光秃秃的枝丫
妈妈说 老树已经老啦
咦　老爷爷
您怎么也掉光了
很多的头发
您是不是　也变老啦
不然　您的手掌
为啥总是像
那些皮肤粗糙的树枝呀

童年的梦

老师　您浓浓的爱
就是那一场暖暖的春雨吗
被焐热的童年的梦
正在钻出肥沃的厚土
等待知识和品质的浇灌
老师　亲爱的老师
童年的梦已长出了藤蔓
爬满青葱岁月的苗圃

我的老师

我是一朵蒲公英
我在春天里悄悄地生长
又悄悄地飘远
老师　我们飘离了校园
却留下了思念
思念是一粒粒的
被微风吹散的种子
撒播在阳光下的田野

我们是盛开的蒲公英
一束阳光或者一阵微风
就像我们的老师
托着我们飘得很高
飘了很远　飘了很远

童心与露珠

像一朵花　或者
几颗晨曦下的露珠
在宁静的光阴里
蛰伏　以及悄然盛开
童心　呵一口气
擦拭了岁月的玻璃
闪烁露珠的眼
窥视翻飞的蝶舞
然后　在春的反光里
滴落成嫩嫩的期望

握紧你的手掌

叶子有一条一条的叶脉
手掌有一条一条的掌纹
当大树苍老了
叶子就会凋落在地上
妈妈　您也会老吗
我要紧紧握住您的手掌
不让它飘落和枯黄

在孔家村

在孔家村　我看见
孔子　捋着长长的胡须
走了几千里的路
从鲁国来到岭南水乡
长留或者定居

在桑基鱼塘的屋舍
他用诗经的无邪
吟诵孔家村的诗情画意
他播散着论语的智慧
在南国的土地
种植了一片的精神食粮
他是孔家村的荣誉村民
挺拔高大的背影
就像巷口长须飘飘的榕树

站着　也会开枝散叶
也为一个家族遮风挡雨

在村口文昌阁的脚下
文化的传承与荣耀
正繁荣在眼光的所到之处

有一种想象

踏着美丽的祥云
翻了十万八千里的筋斗
爸爸的那个故事里
孙悟空　不知去了哪里

当我重新走进了故事
天空只剩下孤独的白云
于是　我像一棵树的张望
睁开无数树叶的眼睛
孙悟空　会不会钻出云层
和我们玩一场游戏

瞧　金箍棒的光影
闪烁成一缕缕的晨曦
横扫了乌云深处的诡秘
走进了故事　爸爸
我和孙悟空驾起一朵祥云
用一双火眼金睛
看穿人世间的离合悲喜

小朋友，唱大戏

小朋友，唱大戏，
有板有眼真认真；
舞台虽小意义大，
登台亮相长精神。

小朋友，唱大戏，
小小角色也严谨；
唱念做打演粤剧，
学做非遗继承人。

小朋友，唱大戏，
不怕辛苦勤耕耘；
民族艺术大发扬，
传统文化有精品。

我有点儿担心

我站在城市的街口
数着一天天增高的楼层
就像小声数着我
搭砌的积木
高了一层又一层

楼层在迅速地长高
飘移的云朵呀
在向它伸手和微笑
可是　我有点儿担心
这楼宇　会不会
握不住云朵的小手
像我堆砌的积木
摇摇晃晃　突然瘫倒

哦，音乐课

一只一只的音符
翩翩低飞的小燕子
她们踩着钢丝
跳起了欢乐的舞
碰响了脚下
一组美妙的歌声

同学们屏住了呼吸
被舞姿深深打动
然后　情不自禁地
拉起小燕子的手
唱响了心中的一个梦
哦　音乐课
是我和小燕子的幸福人生

致海伦·凯勒

冬天　我有些百无聊赖
远望窗外　小树
正在飘落几枚孤独
我捂着稍稍冻伤的自尊
盼望与春天不期而遇

也许我像枯叶一样脆弱
为眼前的几处挫折
直至今天　我终于看到你了
海伦·凯勒　你的身后
站着春天般的温暖
我觉得我的失意正在融化
成为时光的清泉
洗涤着心灵的一抹阴影

海伦·凯勒　你从寒冷的窗外
靠近我的世界　我们
侃侃而谈　当你把一生的不幸
轻描淡写成温情的话语
我感悟到三天光明的价值
在你的文字间流淌出坚毅和乐观
在我的窗台或远处
浇灌并且蓬勃一生的风景

语文老师

瘦瘦的语文老师
是一个神奇的魔术师
她用美妙的微笑和声音
吸引我们　走进了
茂盛的知识森林

然后　她绘声绘色地
讲述着生活的神奇
让我们一不留神
钻进一个童话的故事
却再也出不来了
于是　我们全班同学
都成为童话世界的主人

小露珠

小露珠，像眼睛，
一眨一眨亮晶晶；
小露珠，睡不稳，
偷偷出来看风景。

小露珠，逗星星，
快来快来玩游戏；
花朵听了乐呵呵，
要把露珠捧怀里。

小露珠，真淘气，
太阳公公也焦急；
捉个迷藏不见影，

小露珠，笑眯眯，
轻轻说声别着急；
我在花蕊酿花蜜，
化作香甜飘四季。

朗诵：陈烨臻

我坐在海边

我坐在海边
听潮水拍打礁石的声音
仿佛是我入睡之前
妈妈的喃喃自语
又像是爸爸轻声讲着
一个遥远的故事

潮水漫上我的脚跟
沙滩上歪歪斜斜的脚印
好像被潮水的声音悄悄抹平
潮水呀　你是妈妈的手吗
我在你的抚摸中
渐渐睡去　就像一只海鸥
在梦中飞向了光明

春天的花园里

春姑娘来了　抛洒下
密密麻麻的细雨
像无数灵巧的花针
雨丝　在绿茵茵的草地
绣出春天的五彩缤纷

蝴蝶呢　在花丛中翻飞
小鸟的惊喜从远而近
被一场春雨悄悄地打湿
我撑着一把花伞
像一颗巨大的蘑菇
生长在春天的花园里

洗衣机在哪呢

奶奶　开动了洗衣机
脏黑黑的衣服被洗白了
太阳公公呀
你开动的洗衣机在哪呢
怎么这么黑的夜
也被你轻松地洗白了

朗诵：刘元璇子

冬天的孩子

撒着一路的霜雪
冬天来了　许多的鸟雀
停止了枝头的打闹
而我　仰卧在枯萎的
黄叶上面　像是
一朵盛开的银色的霜花

躺在温暖的叶掌之上
我是冬天的孩子
我比一群避寒躲在温室的鸟雀
更容易看见阳光
看见下一个戴着花环的
姗姗而来的春天

校园里的孩子

童心在校园里放飞
追逐着五彩斑斓的梦想
无忧无虑的脚步
踏响了悦耳的足音
演奏成快乐长大的旋律
孩子们　是一个个
活泼调皮的音符
雀跃在春风吹拂的大地

园林工人

一簇簇绿茵茵的叶掌
点缀着清晨的露珠
那是园林工人心血的闪烁
照亮了村庄的美丽画图
除去杂草　为村庄
松松板结的硬土
从此　生机勃勃的家园
让留恋的戏蝶
时时翻舞　以至忘了归路

幼儿园

在美丽的花园里呼吸
以及幸福地成长
我们　属于春天的花朵
在幼儿园里
被一场爱的春雨滋润
童年是变幻着岁月的万花筒
在这里缤纷着梦想

妈妈和风筝

妈妈　我是你手中的风筝
你轻轻扯一下线
我的心就越来越紧张
却又飞得越来越高

妈妈　你手中风筝的线
是你爱的血脉吗
为什么你只要轻轻一扯
我就明显感受到
颤抖的想念和温暖的心跳

朗诵：徐思桦　徐思琪

二月的潮涌

许多愿望在拥挤
或者前行　通济桥上
奋斗得来的幸福
一步一步靠近

八十万的人流
以及更大的人群
在五公里长的路上
被民俗文化浓缩的动力
有力地牵引
在心与心之间
爱与善　迫不及待
泛起春潮的涌动

佛山的早春
站在又一轮新的年头
总有虔诚的祈福
在枝头上绽放
飘香如流　汇入了
二月的潮涌

少年时光

爱的阳光轻轻地洒落
祖国花园的花朵
背起了书包　就像
背起妈妈的一声声嘱托
走出了校园　就像是
走出茂盛的苗圃
校园里上课的铃声
是对幸福的歌咏
又是对少年时光的吟颂

小雨点，快下吧

小雨点，快下吧，
你瞧，你瞧，
树苗儿拍起了小叶掌，
花蕾儿张开了小嘴巴。

小雨点，轻轻洒，
你看，你看，
幼苗儿跳起了摇摆舞，
池水儿绣满了水晶花。

滴滴答，滴滴答，
小雨点，快下吧，
浓郁的花香呀飘四季，
家乡的大地呀美如画。

天上的月亮

妈妈是天上的月亮
我们就是那顽皮的星星
夜幕开始降临　疲惫的星星
已在悄然地睡去
皎洁的月亮呢　还在
寂静的天空上巡视
哦　天上的月亮
像我的妈妈　明亮的爱
守望着星星　也在守望着
睡梦中微笑的我们

含露的音符

含露的音符

当晨曦像青草一样
覆盖在我的肌体
大地的新芽便开始
动情地弹拨
金灿灿的湿润的琴弦

这些含露的音符
争先恐后地
钻出春的襁褓
以至　在枝叶之上
被几声鸟鸣
反反复复地传唱

晚霞

为了一道数学题的解答
洁白的云朵　与小树
据理力争　甚至涨红了脸
让小树无话好说
最后　羞赧地点点头
躲进了一片茫茫的夜色

朗诵：张梓涵

蓝天白云

把大海的蓝
泼向天空　浸染出
一张蓝色的画纸
我把一朵朵雪花的白
贴上画纸　风一吹
变成了游动的鱼

游呀游呀　小鱼
却游不出蓝天的广阔
太阳落山的时候
小鱼只好躲进了夜幕
偷偷地哭了又哭

于是　小鱼的泪花
闪烁成星光璀璨的夜空

高高的路灯

路灯高高当空照，
照得大街真明亮；
抬头不见星星点，
原来挂在电杆上。

灯色成河穿街巷，
银河闪闪泛波浪；
两岸微风传笑语，
幸福满满又起航。

问蓝天

白天在蓝天浮潜的白云哪去了
傍晚红着脸的彩霞都哪去了
夜空中唱着摇篮曲
抱着星星们睡去的云朵哪去了
深夜里听着谁的故事
微微笑弯了眼睛的月牙儿哪去了
妈妈，这蓝天好大好蓝呀
蓝蓝的天又有多深呢
为什么昨夜满天的星星
跳了下去　都不见了

浪花

像一群顽皮的小白鼠
蜂拥而来　咬痛
一块伫立在海边的礁石
涛声阵阵　难道是
礁石的一声声疼痛的呻吟

只有金色的沙粒
躺在沙滩上学会临危不惧
没有叫苦连天
也没有吓得无踪无影
浪花　只好无奈地
一次次又从海边退了回去

冬天的雨

冬天的骤雨呀
是一根根长长的银针
扎疼了大地的肌肤
于是　一株老树
挺身而出　挡住了
雨丝的锋利
你看　你看呀
树上的叶儿
也挂满了喊疼的泪滴

远山和白云

白云缭绕的山峰呀
难道你摔伤了吗
为什么　你的头顶上
缠着洁白的药纱

哦　是你戴上围裙
像我的妈妈　炒一碟
美味的西红柿鸡蛋
然后　让那些嘴馋的星星
眨着眼　围拢着你
不愿离去还睡不着觉

夕阳

云朵，是飘逸的蛋白
夕阳，是圆圆的蛋黄
蛋黄掉落在山坳
溅起了满天的星光

顽皮的小星星

怎么和我家的小猫
一样的顽皮呢
蹦蹦跳跳的小星星
跳下了云层
原来　他们看见黑夜
蒙住了行人的眼睛
于是　小星星跳下来
成为一盏盏的路灯
用光亮　擦去了
一条蒙住眼睛的夜幕

星星

晚上　星星们可热闹了
钻出了层云的襁褓
又和夜妈妈捉起了迷藏
咦　清风掀开了天幕
星星们也磨亮了弯月的镰刀
收割一茬一茬的快乐
撒落的是一缕一缕的晨光

朗诵：管　越

夏天的天空

夏天　一群小白狗
在蓝天中自由地追逐
突然　雷公爷爷的几声怒吼
让小白狗逃去无踪
就像做错了什么
小白狗呀　小白狗
泪水涟涟　湿了那一片天空

朗诵：吴启豪

贪玩的夕阳

天空　贪玩的夕阳
不小心碰着远山的棱角
于是　红光漏到四处
一滴滴　在闪烁着
五彩缤纷的光芒
成为小城里的一盏盏
绚丽的街灯　和
山村里那点点明亮的灯光

明亮的街灯

远处的街灯亮了
你是巨大的春蚕吗
街口的一片黑
被你一口一口地啃光

远处的街灯明了
你是强力的漂白粉吗
东方的一块天
被你一点一点地洗白

远处的街灯　点亮了
长长的街道　草地和墙角
点亮了清晨的宁静
以及我心中隐隐约约的烦恼

星光闪烁

随手轻轻一撒
满天的星光闪烁
是太阳公公
在蓝色的田野上
播下的一粒粒种子

看着我们一天天长大
太阳公公啊
笑弯了腰　星光
就是太阳公公
激动地笑出来的
晶莹的泪花
挂在了天空的脸颊

太阳公公呀

我好想问问你呢

白天的一朵朵

黯淡无光的云霞

是不是被风儿

点亮成夜空中的灯盏

清早 太阳公公呀

将昨晚的星星

浇灌了润湿的金光

撒落在广袤大地

生长成一茬一茬的

含露绽放的希望

逛花街

满街都是盛开的心事
走在热闹的花街上
幸福和快乐总是触手可及
像春风扑面而来
而一群孩子　叽叽喳喳
他们更像蜜蜂
采撷了生活的花香

姹紫嫣红的祝福
在花市上绽放　簇拥着
枝头的新年期待
未来的日子开始璀璨
从此香飘四季

朗诵：邓芷悠

星星倒进了河里

快来看呀
是谁把天上的星星
都倒进了河里
微风轻轻一吹
星星们便沉入了河底
剩下闪闪的波光
便是它们银色的鱼鳞

朗诵：马文临

大海翻转了

天上的飞机呀
是插上了翅膀的鱼
白云　是游动的鱼儿
卷起的一朵浪花

太阳　像圆圆的贝壳
闪着耀眼的光亮
大海翻转了吗
为什么鱼儿和贝壳
总是在天上

机器人，真可爱

机器人，真奇怪，
会扫地，会洗碗，
爸爸累了会捶背，
妈妈累了会问安。

机器人，真奇怪，
会写字，会运算，
工厂干活好又快，
足球篮球也能玩。

机器人，真奇怪，
可上天，可下海，
近在眼前把你盼，
一起读书一起玩。

机器人，真可爱，
领着我们向未来，
新作为，新时代，
智能生活多姿彩。

雪花飘呀飘

雪花呀　飘呀飘
轻轻地飘到了小树上
我要捧在手心上
咦　怎么啦
一下子又不见了

雪花呀　飘呀飘
飘在了枯黄的山顶上
山腰　长出白花花的绒毛
就像是我的老奶奶
把巨大的棉被
盖在了大山的心窝上

雪花呀　飘呀飘
飘到了我家的窗棂上
可是　我不冷呢
我在奶奶的被窝里
温暖地数着梦中的星星

朗诵：赖楚文

春雨遐想

春雨　像一把把
透亮的梳子
把古榕树的长发
轻轻地梳洗
又把我内心的阴郁
清洗得干干净净

春雨　像一根根
细密的银针
在大地的衣裳
绣出了摇曳的花草
又和柳枝们一起
跳起了春天的舞蹈

春雨哦　春雨
洗净了一丝昨夜的冰冷
捂热了一簇
悄悄抽芽的希望

湛蓝湛蓝的天空

收敛起点点滴滴的
阴沉　冷寂或者孤独
湛蓝湛蓝的天空
就像小姑娘的微笑
绽放一朵沁人心脾的美丽

阳光　已禁不住钻进了
花蕊的层层裹护
就像调皮的孩子蹦跳着
躺在妈妈的怀抱
露珠再一次滚来滚去
滋润了花朵对蓝天的渴望

湛蓝湛蓝的天空
更像平静而透亮的湖水
云朵　堆砌成一座
雪山的飘移　而我的思绪
和露珠一样滚来滚去
然后　情不自已地从雪峰
滑落成晶亮的星辰

弯弯的月牙

弯弯的月牙　是风儿
挂在夜空的小辣椒
贪嘴的乌云要把它吞下
可是　小辣椒
把乌云呛得泪如雨下

月亮弯弯似镰刀

月亮弯弯似镰刀，
割去忧愁割烦恼；
月如镰刀闪闪亮，
追得阴影跑不了。

一朵朵的白云

一朵朵的白云
在夜晚铺开了大大的被窝
调皮的星星们
总在被窝里进进出出
当晨光普照
这些贪玩的小星星
才钻进了被窝里
静静地等待梦醒的时候

朗诵：李　俊

萤火虫

萤火虫　你是夕阳落山
磕碰岩石时四溅的星火
还是　月亮妈妈找孩子时
提着的一盏盏小灯笼

你看，你看
月亮妈妈找到了迷路的孩子
闪烁的爱　也照亮了
夜幕下若隐若现的孤独

萤火虫　你又更像
一颗颗随处飘移的水晶
给孤独无助的心灵
串联起再也拆不散的幸福

朗诵：李　歆

秋天来了

跨过了夏天的门槛
秋天气喘吁吁地赶来了
汗水滴落的大地
举起了稻麦的金黄
果实的芬芳穿过田间
像一股淙淙的清泉
在瓜棚下流淌

秋天来了　果农的微笑
飘逸着五彩的花香
阳光下　那淋漓的汗滴
凝结成硕果挂满在日子之上
瓜棚的虫鸣被阳光温暖
演奏出一曲动情的歌谣
啊　秋天来了
所有的等待都在田野生长

时间是什么

时间，是一缸染料，
把一树的碧绿，
染成不断飘落的金黄。
时间，是一阵风，
吹得爷爷白发苍苍，
又在奶奶的额头，
吹皱几道微微的波浪。
时间，是一个大力士，
把红彤彤的朝阳，
举过了大山的头顶，
又把滑下来的夕阳，
捧在大地的手掌。
时间，是风筝在飘扬，
我稍稍一松手，
它就会得意洋洋，
跑得无影无踪，令我心伤。

附录

李剑平童诗的诗意表征

陈 婷 莫运平

童诗在文体上是属于儿童文学范围的，是通过形象、意象表达儿童的想象空间和情感，是具象性和感性的一种特殊诗歌。虽然成人的智力和认知水平比儿童高出很多，阅历也比儿童丰富，但是对于成人来讲，童诗的创作是有一定难度的。儿童正处于感性的直观形象思维，他们抱以纯真无邪的眼光看待世界，而成人更多的是理性思维，看待世界的眼光相对敏锐和深刻复杂。作为中国现代儿童文学的开拓者和创建者之一的茅盾先生曾说过："儿童文学最难写，试看自古至今，全世界有名的作家有多少，其中儿童文学作家却只有寥寥可数的几个。"因此，如果没有丰富的想象力和特别的情怀，是很难创作童诗的。佛山诗人李剑平本着对生活的激情和对孩子的喜爱，不断地在童诗这块土地上耕耘。他在2013年出版《浅草清流》诗集后，又在2017年出版童诗集《推开诗意的窗》。笔者曾在为其《推开诗意的窗》作序时将其童诗从内容上认为是"童心、童趣、童真编织的诗意世界"。李剑平的童诗也许并不是每一首都经得住时间的淘洗，但是正如鲁迅在1935年时所说："为了新的孩子们，是一定要给他新作品，使他向着变化不停的新世界，不断的发荣滋长的。”（《〈表〉译者的话》），在创作新作品方面，李剑平身上所体现出来的创作力是值得学习的。因此，本文再从艺术特征的角度对其童诗做一分析。

一、丰富奇妙的想象构思

艾青说:“想象是经验向未知之出发，想象是由此岸向彼岸的张帆远举，是经验的重新组合，想象是思维织成的锦彩。”想象的确就像一种艺术，诗人能够在浮想联翩的过程中体验生命的美好，完成诗歌的艺术构思。例如李剑平的《蓝天白云》“把大海的蓝 / 泼向天空　浸染出 / 一张蓝色的画纸 / 我把一朵朵雪花的白 / 贴上画纸　风一吹 / 变成了游动的鱼 / 游呀游呀　小鱼 / 却游不出蓝天的广阔 / 太阳落山的时候 / 小鱼只好躲进了夜幕 / 偷偷地哭了又哭 / 于是　小鱼的泪花 / 闪烁成星光璀璨的夜空”。诗人在以蓝天白云作为基调，进行大胆想象，依赖这种想象的巧妙构思，使习以为常的蓝天变成是大海的水泼向了天空，以一种儿童式的神奇和余味无穷的美丽来描绘蓝天白云。诗歌一开始就把读者带到奇妙的“大海的蓝”中，给读者展现“画纸”“雪花”“游动的鱼”等一连串的想象画面。然而诗人的用意也不仅在此，而是继续和孩子一同展开想象的翅膀，以“游动的鱼”作为桥梁，连接白天和黑夜，一个“躲”字，生动灵活，使读者的心一下子揪起来，进一步地联想，最后“小鱼的泪花”幻化成夜空中的星光。诗人通过以儿童纯真的心灵为基点，运用儿童想象的方式来描述故事，流露出儿童的调皮可爱。

感情是想象的前提，想象又使情感变得更加浓郁和奇妙，诗人从实景展开想象，借着想象淋漓尽致地抒发自己的情感。又如《嘴馋的远山》“飘动的云朵 / 就像雪白雪白的豆腐花 / 装在了碧蓝的碟

子上 / 阳光 / 高兴地撒上 / 亮晶晶的白砂糖 / 等着一阵风慢慢来吹凉 / 可是　嘴馋的远山 / 早就张开了大口 / 热腾腾地　一饮而光 / 于是　秃秃的山顶 / 只剩下一颗空空的月亮”。初看这一首童诗，会觉得十分有趣。怎么会想到将“远山”拟人化，用“嘴馋”来形容“远山”呢？“远山”又是如何“嘴馋”呢？“嘴馋”可以说是儿童的特点之一，孩子都比较“贪吃”，看到周围的事物，会很不自觉地想到与“食物”相关的东西。诗人在这里尝试站在儿童的角度，通过写“嘴馋的山”“张开”嘴巴，然后“一饮而光”“像雪白雪白的豆腐花”的云朵，生动形象地写出了孩子天马行空的想象，让读者觉得妙趣横生。再仔细品味这首童诗，会发现在奇特想象的背后，画风突然一转，似乎还蕴含着诗人稍稍失落的情绪。“秃秃的山顶”“只剩下一颗空空的月亮”，情感似波浪线流动，从高昂愉悦到低沉孤寂，意味深远，言有尽而意无穷，这更加显示出诗人的水平。

二、儿童口语化和生活化的表达

李剑平的诗歌语言很少有生涩难懂的语言，大部分的语言都是比较轻快活泼的，既浅显易懂，又朗朗上口，生动形象，透着诗意。诗人经常把生活中的所见所闻，或是亲身经历，信手拈来，“玩于股掌之中”。如《树叶的掌声》这首诗，“夏日炎炎　大地干渴了 / 乌云心疼得落泪 / 于是　小树鼓起了叶掌 / 哗啦啦　哗啦啦 / 哦　你听那是不是 / 小树们欢呼的掌声”。整首诗没有生僻难懂的词语，“哗啦啦　哗啦啦”这是带有音韵美的词语，直接给读者产生听觉上的盛宴，“干渴”“落泪”“欢呼的掌声”都是孩子们看一眼就能够理解的。但是，这么简单的词汇，融入情感，汇成了一首诗，而且还很有韵味和魅力，这就是诗人童诗中的诗意表征奥秘。

李剑平的童诗，句句都是口语化、充满诗意的，形式富于变化，十分灵动。如笔者特别喜欢的一首诗《洗衣机在哪呢》——“奶奶 开动了洗衣机 / 脏黑黑的衣服被洗白了 / 太阳公公呀 / 你开动的洗衣机在哪呢 / 怎么这么黑的夜 / 也被你轻松地洗白了”。常人很难将“洗衣机”和“太阳公公”联想在一起，可是诗人却跳出了思维限制，将“洗衣机洗白脏黑黑的衣服”和“太阳公公洗白黑夜”联系在一起，短短几句，熟悉的词汇，浅显易懂的语言，背后却藏着一颗诗人跳动的心灵，蕴含着诗人诗意的思维。再如《夕阳》“云朵，是飘逸的蛋白 / 夕阳，是圆圆的蛋黄 / 蛋黄掉落在山坳 / 溅起了满天的星光”。全诗仅有四句，用儿童的口吻展现了夕阳在孩子眼中像“蛋黄”的可爱形象。通过比喻的手法，把夕阳西下的场景写成是“蛋黄掉落在山坳”一样，多么形象生动。这首简短的童诗，没有一个难以理解的字词，没有刻意安排情境，却用富有情感的儿童化语言把小朋友内心愉悦的情感表露出来，句句充满诗意。

三、独特韵味的意象选择

意象不仅是古典诗歌创作的特殊形式，也是衡量现代诗歌的重要因素。意象作为艺术的深层形式，当中蕴含着无穷的意蕴，承载着诗人的情感。而李剑平恰好巧选独特韵味的意象，使之真正成为审美客体和审美主体交互交融的形象，从而达到一种“言有尽而意无穷”的效果。如《城市的蝴蝶结》“像一朵朝霞的轻轻飘落 / 一簇猎猎的红艳 / 映照着城市的倩影 / 凤凰花　是邻家羞涩的女孩 / 穿着一袭红裙的飘飘 / 婀娜在多情的夏天 / 深红的花瓣在随风摇摆 / 这一双双的薄翼 / 给一座古老的城市 / 戴上了青春靓丽的蝴蝶结”。这虽是诗人在回家之路偶遇的场景，凤凰花盛开，随风飘落。诗意意象的选择，

“凤凰花”是火热青春的寓意，叶如飞凰之羽，花若丹凤之冠，再加之如“蝴蝶结”般装饰着这座美丽的城市，又像羞红了脸颊的女孩飘舞，构成了如此诗意的画面，让人久久不能自已。

诗人所使用的意象，已经不再是单一的个体，它们变得有生命。它们和诗人的思维、诗人的情感融为了一体，密不可分。如《把春天打量》“树芽儿　长在了树梢 / 像一粒粒的音符 / 被春天的指尖 / 一次次尽情地弹唱 / 蝴蝶呢　再也禁不住 / 在枝头跳起了舞蹈　树芽儿 依偎着 / 大树妈妈张开的怀抱 / 被阳光的温暖喂养 / 树芽儿长大了 / 像张望的无数的眼睛 / 惊喜地　把春天 / 一次又一次地打量　树芽儿 就像 / 妈妈那激动的泪花 / 悄悄地　挂在了 / 湿湿的春天的眼眶”。这首童诗只不过两节，里面却呈现了“树芽儿”“音符”“蝴蝶”“大树”“阳光”“泪花”等我们生活中常见的物象。在成人眼里看这些景象，只是客观存在的物象罢了。而童心不然，它则是把这些我们熟若无睹的景象变成了“活”的主体，赋予了生命和情感，把“春天里的所有景象”拟人化，用双眼用心灵来打量春天。在孩子的心里，“树芽儿”像“音符”，有声音会跳动会弹唱，赋予“蝴蝶”生命体的动态，“在枝头跳起了舞蹈”，活像一位舞者。诗歌中充满着儿童的纯真天性，渗透着对春天美好的情感寄托。

如果一首童诗缺乏意象，那也就算不上童诗。缺少了意象，童诗的语言是乏力的，内容是荒芜的。李剑平的童诗正因为有了意象及多个意象组合成的奇妙的意境，才呈现出童诗的“诗意化”世界。

四、独具匠心的主题设计

李剑平所写的诗歌都遵循着儿童教育的实际和关注到儿童内心深处的真正需要。在这复杂的社会，世间嘈杂之事“遮蔽”了我们的双眼，迷乱了我们的心灵，但诗人仍进行无功利化的创作，试图通过童诗，为我们“去蔽”。李剑平的童诗始终呈向上的生命姿态，有意而为之地传递着积极向上的主题思想。如《目光之外》“教室的窗户　就像／祖辈的眼眸失去了光泽／破旧的桌椅默然无声／只有老师握紧的一支粉笔／在孩子们的目光之外／描绘着心中的一种向往　在虫鸣的抚慰里／孩子们如此动情地听着／就像听一篇童话——／关于地铁　关于目光之外／城市的喧哗　但是／在外打工的父辈的叮咛／为什么这么近又那么远／孩子说　爸爸妈妈／我只能用稚嫩的书声与你们对话　山区的教室弥漫古老的味道／却让一个个的日子像小草在疯长／手中的一块块积木　被孩子们／摆弄成翻越大山的梯道／目光之外　有一个新鲜的梦想”。乍看题目，读者一定很难想到这首童诗描写的对象竟然是山区的孩子。这“目光之外”不仅是孩子的目光，也是诗人的目光啊！诗人在心疼，诗人在呼唤，诗人在期望，诗人在祈求，诗人在努力引起大家对山区孩子的关注，这首诗不仅体现了一个儿童文学作家对山区孩子的爱，还包含了一位睿智的长者对生命和人生的感悟。这其中纯洁灵动的文字，闪烁着“阳光”般的爱，散发着“花香”般的主题。

再如《残荷》“无情的光阴极不负责任／把她年轻时的美丽／一点一点吸干甚至枯黄成／青春的丝丝旧痕／此刻中通外直的内涵／却把秋实的莲子举在高处／像一支摇曳的火炬／点燃一季秋色／在风中露珠一样的品质／从枯叶中滑落／泛起在水面或者／在看不见的水底中深埋／她的等待始终与污泥不染／却与春天藕断丝连”。短短三节，却能够把现实和想象融为一体，将残荷喻人，从残荷的生长看人生的思考，整首诗将几个看似平常的意象组合在一起，体现出诗人的智慧，观察十分细致，思考有深度。诗人将自己对人生的思考和残荷的经历融为一体，描述着“残荷”这个女孩从成长到衰老的过程，写出了她历经风霜却依然如火炬般燃烧。最让人久久不能释怀的是最后一个词“藕断丝连”，稍作品读，便能感受到这实际上是诗人有意而为之的一笔，其中蕴含着这种虽伤痕累累，内心却不愿放弃，仍充满希望的生命力。诗人希望带给读者的是这种积极向上的人生态度，这便是诗人独具匠心的主题安排。这样的童诗是有味道的，能让我们“品”后回味无穷。

儿童文学是以善为美、引人向上、导人完善的文学。阅读众多儿童文学的作品，我们会发现蕴含教育意义的诗歌其实挺多的，但是像李剑平这种充满诗意、无功利化、以善为美、寓教于乐的童诗还是少见和难能可贵的。如果把童诗比作一座花园，那李剑平的童诗便是这花园中“出淤泥而不染，濯清涟而不妖”的荷花，是“欣欣向荣，充满希望”的向日葵，是“质朴清香，玲珑迷人”的茉莉，这一朵朵花透着浓浓的诗意，这诗意让我们驻足，更让我们意犹未尽。

（原文刊于佛山市禅城区文学艺术联合会主办《天狼星》，2018 年 2 期）

作者简介

陈婷系佛山科学技术学院人文与教育学院研究生；
莫运平系佛山科学技术学院人文与教育学院教授、文学博士、硕士生导师。

后记

李剑平

读读写写，是我喜爱的生活方式之一，诗歌和散文又是我最喜爱的文体。“日忙世事，夜观诗书”是我多年前留在QQ上的个性签名，也可以说是我多年来的生活轨迹吧。

其实，我并不是一个非常聪明勤快的人，但我坚持读书与写作，希望借此弥补自身的不足与生活的缺失。古语云：腹有诗书气自华，我始终相信这一道理。我以写作新诗为主，但依然喜欢古诗词，尤其是唐诗宋词，百读不厌。以致有评论家说，我的新诗中有唐诗宋词的“痕迹”。中国的传统诗词文化，博大精深，我乐于学习和传承古诗词的艺术精髓，包括散文写作也会深受其影响，并有所发扬。当然，我不会拒绝西方文本，更不会抵制诗歌散文之外的其他文本，毕竟阅读需要精读，也需要泛读。我庆幸自己努力过，也收获过，包括现在这本薄薄的诗集。

读书是积累、养成和思考的过程，也是语言表达与运用的前提。如今想来，我的写作，当然是来源于生活，得益于阅读。我的作品数量并不是非常多，我更愿意信奉灵感，信奉写作的自然而然，一气呵成，作品中多一些真诚，少一些矫饰。我曾是一名中学语文教师，如今又是从事教学研究的语文教研员，总会对自己有些写作的苛求，期待自己有“更好的作品”。“在心为志，发言为诗”，诗歌写作意在抒发感情，表述观感，与人分享写作中自以为是的快乐，我不想有太多功利化的干扰。我的诗歌作品追求“天然去雕饰”，不想故作高深，不想一味玩写作技巧，玩文字游戏。诗歌是浪漫的，也是现实的。我个人这样认为。我希望我的这本诗集会有所体现。

这些年来，我专注于童诗的教学与写作，不是因为“返老还童”，而是因为在我看来，儿童诗似乎更干净，更纯粹，更有真情趣，更能接近和体现诗歌文本的审美价值。而且，每当我看到孩子们摇头晃脑读诗，或者喜不自禁地写诗时，那种内心的喜悦和激动是无以言表的，仿佛为师者的价值也得到了更好的呈现。多年来，我常常到各地中小学校主讲诗歌讲座，尽力传授诗歌学教方法，宣讲诗学诗观，已收到了一定的效果，受到了老师和孩子们的欢迎。近年来受聘为广东省小学生诗歌节的评委，也让我有更多的机会，与孩子们的心灵世界对话，与孩子的心灵作品对话。这些看似平常的生活经历，无疑丰富了我的写作素材，也让我的童诗作品更能保持童真童趣，更容易走进校园，走进孩子们的情感世界。

2018年，著名朗诵家丹娜在佛山电台推出了我的作品朗诵专题节目，她悉心指导孩子们精彩演绎我的作品。这一专题节目，获得很多听众和读者的关注与收藏，特别是校园师生的喜欢。有意思的是，有一次，我去湛江讲学，在第一次见面的友人的车上，就听到了录制好的这一专题朗诵节目的“珍藏版”，并获悉，这一“珍藏版”成了学校的诗歌教育辅助读物。据了解，我的一些读者朋友，也把我的童诗作品当作孩子早读或晚读的朗读作品。从这一些方面来说，学校老师和孩子们对我的作品的关注、支持和鼓励，成了我业余坚持诗歌写作的源泉和动力。喜悦之余，我真的不胜感激。

“千淘万漉虽辛苦，吹尽狂沙始到金。”多年来，我一直坚持读书和写作诗歌，不忘学习和研究诗教。如今结集出版的是我新近创作的童诗作品，虽然也尚未成熟，但也算是我近年来努力耕耘，坚持读写诗歌的又一成果。成果能够出来，我很感谢家人的支持，感谢张况、包悦、李文龙、邹武林等众多文朋诗友的鼓励！当然，还要感谢广东高等教育出版社编辑邱丽芳对本诗集的编辑和指导，是她的创意装点了我的诗集，从选题构想、插画设计到最终付梓出版全程把关，助我圆梦。感谢朗诵家丹娜老师指导的孩子们精彩的配乐朗诵，孩子们的名字一一标示于二维码下。

追梦路上，我希望自己上下求索，永远在奔跑，永远在努力，也希望更多的读者朋友多多指导、支持和鼓励！

2019 年 5 月

于佛山